P9-CBK-399

Clara y Asha

ERIC ROHMANN

Editorial Juventud
Barcelona

–¡*Clara*! Es hora de ir
a la cama –dice Mamá.

Pero yo no tengo sueño.
Abro la ventana…

... y espero a Asha.

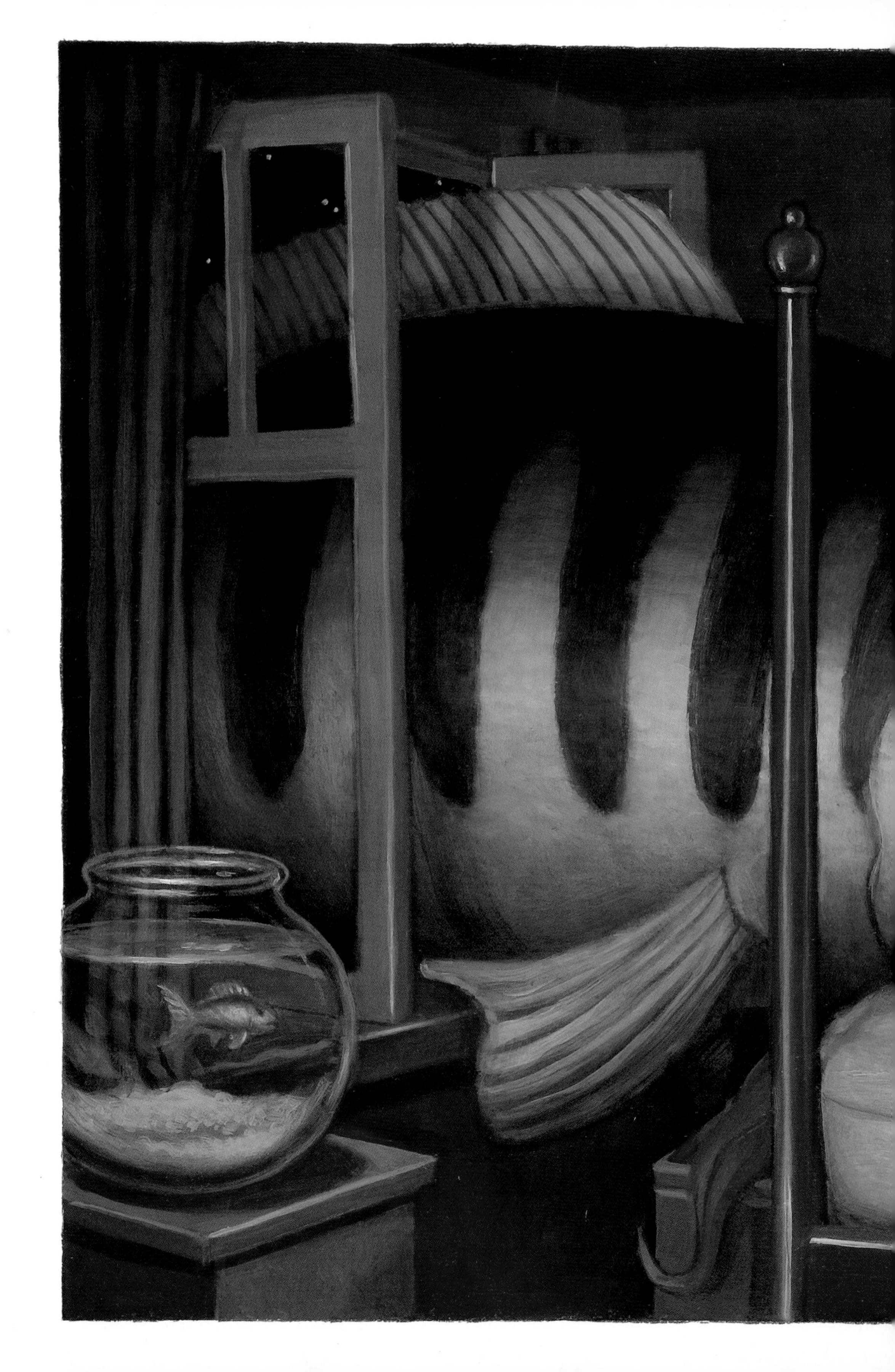

Nos conocimos
en el parque.

Y la invité a casa.

Le enseñé todas las habitaciones de la casa.

–Clara, ¿te has metido ya en la bañera? –preguntó Mamá.

–Estoy esperando mi turno –le contesté.

La presenté a todo
el mundo.

En Halloween,
Asha me *ayudó*
con mi disfraz.

Cuando nevó,
jugamos sobre
la gran colina.

¿Y esta noche?
Esta noche jugamos
en el cielo.

–Clara, es hora
de ir a la cama –repite
Mamá.

–Hasta mañana –digo.

–¡Buenas noches, Asha!

–*A dormir, Clara*
–*dice Mamá.*

Yo lo intento,
de verdad que
lo intento, pero...

¿Es culpa mía si
tengo tantos amigos?

Para Candy
y para Simon
que dijeron: «Todo está
en las ilustraciones»

Título original: CLARA AND ASHA
Publicado originalmente por Roaring Brook Press,
una división de Holtzbrinck Publishing Holdings Limited
Partnership, Connecticut, Estados Unidos

Provença, 101 - 08029 Barcelona
info@editorialjuventud.es
www.editorialjuventud.es

Traducción castellana: Élodie Bourgeois Bertín
Primera edición, 2006
Depósito legal: B. 26.243-2006
ISBN 84-261-3547-1
ISBN 13: 978-84-261-3547-6
Núm. de edición de E. J.: 10.818
Printed in Spain
Derra, c/ Llull, 41 - 080005 Barcelona